CUENTAMÉRICA

OTROS TÍTULOS DE ESTA COLECCIÓN

Lo que cuentan los onas
Miguel Ángel Palermo

El puente del diablo
Jorge Accame

San Francisco, el del violín
Graciela Cabal

Lo que cuentan los guaraníes
Miguel Ángel Palermo

Del amor nacen los ríos
María Cristina Ramos

Lo que cuentan los tehuelches
Miguel Ángel Palermo

DE PRÓXIMA APARICIÓN

El dueño de los animales
Jorge Accame

Cuentos del Zorro
Gustavo Roldán

Cuentos del Sapo
Graciela Montes

LO QUE CUENTAN LOS INCAS

Dirección Editorial
Canela
(Gigliola Zecchin de Duhalde)

Diseño gráfico:
Helena Homs

Tejido de tapa:
Awayo (manta) colonial, de fines del siglo XVIII -
comienzos del siglo XIX.
Cochabamba, Bolivia.
(Gentileza Ruth Corcuera)

Marcuse, Aída E.
   Lo que cuentan los incas / ilustrado por Oscar Rojas - 3ª ed. - Buenos Aires :
Sudamericana, 2005.
   64 p. ; 21x14 cm. (Cuentamérica)

   ISBN 950-07-1501-5

   1. Literatura Infantil y Juvenil Argentina I. Oscar Rojas, ilus. II. Título
CDD A863.9282.

Primera edición: abril de 1999
Tercera edición: mayo de 2005

Impreso en la Argentina.
Queda hecho el depósito
que previene la ley 11.723.
© 1999, Editorial Sudamericana S.A.®
Humberto Iº 531, Buenos Aires.

ISBN 950-07-1501-5
www.edsudamericana.com.ar

LO QUE CUENTAN LOS INCAS

Aída E. Marcuse

Ilustraciones:
Oscar Rojas

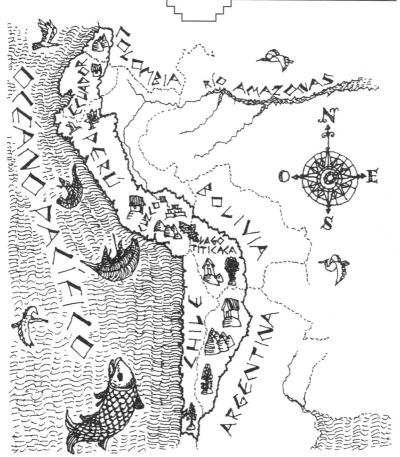

En tamaño, el Perú es el tercer país de
América del Sur. Tiene extensas costas sobre el
océano Pacífico, bordeadas por arenales

desérticos. En la región andina, tiene altos picos nevados y volcanes, y el lago Titicaca, que comparte con Bolivia. En la Amazonia gritan tucanes y guacamayos, rugen jaguares, silban anacondas y chillan miles de monos.

Es un territorio accidentado; de sequías, inundaciones y terremotos. Quizás por eso, es el mundo de la magia, del cuento, del ensueño.

Hacia el año 1350 d.C. un pueblo guerrero, los incas, conquistó casi todas las tribus que vivían en ese territorio y organizó el imperio del Tahuantinsuyo[1]. Abarcaba, además del Perú, el sur de Colombia, Ecuador, Bolivia, la mitad de la selva amazónica, el norte de Chile y el norte de Argentina.

Los incas tenían sus propias historias; pero hicieron suyos los mitos, leyendas y cuentos de las tribus que sometían. Llegaron a nosotros gracias a los cantares populares y los quipus: *una serie de nudos hechos en lanas de colores que representan los números y sonidos del idioma.*

Estos cuentos, tenazmente conservados por los indígenas, perduran hasta hoy. En las noches de luna, alrededor de las hogueras, los ancianos evocan a sus antiguos dioses, las historias de amor, el culto a la naturaleza y las luchas que forjaron su identidad, que nunca perdió la dignidad ante ningún invasor.

Sombra secreta,
secreta sombra,
sombra que oculta.
¿Dónde está?
Aquí está la flor del rosal.
¿Dónde está?
Aquí está la flor amarilla
y roja del chihuanhuay.
¿Dónde está?
Aquí está el lirio
¡ay! del amancay.

(Cantar registrado por Guamán Poma de Ayala.
Traducido del quechua por Edmundo Bendezú.)

1. *Tahuantinsuyo*: "Tierra de los cuatro costados", nombre del imperio incaico.

INCA POR INCA SE HACE
UN IMPERIO

¿Ves esas aberturas enor-
mes, parecidas a ventanas?
Allí, en lo alto de esa colina
que llaman Tampu-Tocco, la po-
sada con nicho.

Dicen que de las ventanas laterales de
Tampu-Tocco salieron los fundadores de los *ayllus*[2], los
diez clanes de los incas. Por la ventana central apare-
cieron Manco Capac, sus hermanos y sus hermanas.

---

2. *ayllu*: clan constituido por el grupo familiar y sus parientes.

Los hermanos se llamaban Ayar Auca, Ayar Cachi y Ayar Uchu. Las hermanas eran Mama Ocllo, Mama Huaco, Mama Cora y Mama Raua.

Manco Capac, el primer rey inca, ya era hombre cuando murieron sus padres. Tomó consigo el *topa-yauri*, el cetro real, y dos *aquillas*, los vasos de oro donde había bebido el dios Kon. Y partió con sus hermanos hacia el cerro donde nace el Sol.

Apenas llegó a la cima apareció un arco iris de brillantes colores, y encima de él, otro igualito. Manco Capac se encontró parado entre dos arco iris, bañado en luces de todos los colores.

—¡Buena señal tenemos! ¡Obtendremos muchas victorias y la prosperidad que las acompaña! —gritó.

Estaba tan pero tan contento, que se puso a cantar y a bailar.

Luego bajó hacia el lado de Collcapampa con sus hermanos. Ayar Cachi tenía mal carácter. Era muy fuerte y se enojaba por tonterías. Un día se enojó, trepó al cerro Huanacauri y se puso a lanzar piedras con su honda, en todas direcciones. Las piedras hicieron inmensos agujeros y formaron barrancos.

—¡Mi imperio llegará hasta donde llegaron las piedras! —dijo Manco Capac. Y emprendió camino.

De vez en cuando probaba la tierra con el topayauri. Pero el bastón no se hundía en la tierra dura. Por fin llegaron a un hermoso valle. El bastón entró suavemente en el suelo.

—¡Aquí nos quedaremos! La tierra es fértil y hay dos manantiales para proveernos de agua.

En el lugar había una peña que los naturales llamaban *Kozko*, que en quechua significa "ombligo del mundo", origen, o casa. Por eso los incas llamaron así, Cuzco, a su capital.

–La comarca de los cerros, hacia el Oriente, es el Antisuyo. La del poniente, el Contisuyo; la del mediodía, el Collasuyo, y la del norte, es el Chinchaysuyo. Las cuatro partes del mundo son el Tahuantinsuyo. Todas estas tierras son mías, de mis hermanos y de nuestros descendientes –dijo Manco Capac.

Manco Capac gobernó con sabiduría. Un día llamó al Cuzco a todos los muchachos de dieciocho años, para formar su ejército. Les hizo dar calzones blancos, en vez de pantalones, que todavía no se habían inventado, y ordenó a sus capitanes que llevasen a la cima del cerro Guanacauri, que es muy alto, muchas *llassuyhuanas*, un pajarillo muy veloz, y halcones, águilas, buitres, vicuñas, ciervos, zorros, culebras y sapos. Entonces les dio armas a los muchachos y los envió a cazar y traerle cuantos animales pudieran.

Según las piezas que trajo cada uno, Manco Capac supo enseguida quién era valiente, quién era cobarde, quién era rápido, quién tenía buena puntería y quiénes no servían para mucho.

A los mejores les dio el galardón de *guarachicuy*, calzones con campanillas de oro y de plata, y *ccamantiras*, plumillas relucientes, de ésas que los pájaros tienen bajo el pico, en la barbilla.

A los cobardes... les hizo dar un calzón negro.

EL GRAN PACHACUTEC

Un día, Cuzco fue sitiada por sus viejos enemigos, los chancas. Inca Yupanqui, el príncipe heredero, trató de rechazarlos, pero su ejército no pudo contra los feroces chancas y sus soldados fueron vencidos.

Inca Yupanqui reunió las fuerzas que le quedaban y, con veinte *orejones*, sus parientes más cercanos, y todos los hombres y mujeres de su palacio, al son de las cajas (tambores) y las *antaras*, salieron del Cuzco a

dar otra batalla, dando grandes alaridos. Otra vez, los chancas mataron a hondazos a la mayoría...

El anciano Topauanchire, sumo sacerdote de Coricancha, observaba la batalla desde una colina. Al ver que los chancas estaban ganando, se puso a vestir unas piedras, les ató porras y armas a los lados, y las colocó delante del templo en hileras, en formación de batalla.

Apenas acabó, Inca Yupanqui entró al templo a pedir ayuda. Al ver las piedras gritó:

—Hermanos, ¿qué hacen allí tan sentaditos? ¡Levántense, ayúdenme, tenemos que luchar o morir!

Los chancas lo habían seguido a la carrera, y se me-

tieron entre las piedras vestidas. Cuando todos estuvieron en ese estrecho corredor, las piedras se levantaron y lucharon como feroces soldados, hasta destruir a los invasores.

Después de vencerlos, Inca Yupanqui reorganizó el imperio y cambió su nombre por Pachacutec, que significa "reformador del mundo".

Pachacutec reinó sobre un imperio inmenso. Cuando murió su padre, Inca Viracocha, en señal de duelo Pachacutec ordenó que sus soldados pasearan en andas el cadáver embalsamado, con su insignia y sus armas detrás de él, por toda la ciudad. Las *pallacunas*, viudas de Inca Viracocha, los seguían, llorando a voces.

Llevaban la cabeza rapada, fajas negras, el rostro pintado de negro e iban desnudas hasta la cintura.

Después, las viudas pasaron una semana buscando al difunto. De noche esparcían ceniza alrededor de sus casas, para ver si se marcaban las pisadas del esposo muerto, si su alma venía a visitarlas.

Pachacutec fue el mejor de los reyes incas. Murió de viejo. Una profecía había dicho que años después de su muerte habría una guerra fratricida, y que unos hombres venidos del mar acabarían con el imperio. Así fue. Huáscar y Atahualpa, hermanos enemigos, se destruyeron uno al otro. Venció Atahualpa, pero no disfrutó el triunfo.

Era el año 1532... en Tumbes, al norte del Perú, había desembarcado Francisco Pizarro...

La conquista española acabó con el imperio. Pero aún perduran sus costumbres, sus fiestas, bailes, cantos, y estos cuentos que se cuentan al calor de las hogueras, en la sierra, la costa y las selvas peruanas.

¿QUIÉN HIZO LOS MUNDOS?

Al principio no había nada. Nada de nada.

No había mundo. No había luz. Desde las puras tinieblas, montado en *Katachillay*, una estrella de la constelación Osa Mayor, vino Kon Illa Tecce, el Creador, el Origen del Universo, la Luz Eterna, el Dios de Pirúa.

Este mundo, sobre el que estamos parados; el mundo de arriba, que llamamos cielo, y el mundo de abajo, que está bajo la tierra o recubre el agua, los hizo Kon.

Llegó desde el norte, el septentrión. Era alto. No tenía huesos. Había pasado la edad de mozo. Vestía una túnica blanca, larga hasta los pies, ceñida al cuerpo. Era flaco, y sobre el cabello llevaba una corona.

Caminaba a paso vivo, y en la mano llevaba una vara. Para acortar camino bajaba las sierras al nivel de los valles o subía los valles con su sola voluntad. De su palabra atronadora surgió todo lo que existe.

Kon hizo los demás dioses para que le hagan compañía, y los puso en el cielo. Hizo la luz, el Sol, y las estrellas. Hizo la Luna. Creó el alba. Hizo los colores.

Al Sol le dio la inmensa luz que irradia y poder sobre los días, los tiempos, los años, los veranos; todas las cosas. Le dio la Luna por esposa. Kon Illa Tecce la hizo señora del mar y de los vientos, de las reinas y princesas, del cielo nocturno y de las mujeres parturientas. Los indios la llaman *Colla*, "reina".

A la aurora la hizo señora de la madrugada, de los crepúsculos y de los celajes. Cuando sacudía la cabellera esparcía rocío sobre la tierra. Los indios la llaman *Chasca*, estrella.

Al planeta Júpiter le llamó *Pirúa*. La palabra Perú viene de Pirúa. Kon lo puso bajo su gobierno. Por eso los indios le ofrendan maíz y le encomiendan sus bie-

nes, sus casas, sus tesoros, vajillas y armas.

Aucayoc es el planeta Marte. Tiene a su cargo los asuntos de la guerra y los soldados.

Catu Illa, Mercurio, cuida de los mercaderes, los caminantes y los mensajeros.

Haucha, Saturno, cura las pestes y elimina hambrunas; es el dueño de los rayos y los truenos.

Despúes Kon hizo un gesto con la mano, y las sombras se apartaron. Frunció el ceño un instante, y surgió el hombre. Señaló hacia un costado, y, dibujada en el aire, apareció la mujer.

Kon Illa Tecce quería a los hombres y les regaló muchos frutos y panes, todo lo que necesitaban para vivir.

Pero los hombres, apenas creados, se trenzaron en guerras sangrientas. Para castigarlos, Kon les quitó la lluvia, y la Tierra se abrió en grietas, llorando de sed. Las plantas murieron en sus surcos y la tierra se convirtió en arenales desérticos y estériles, como estos de las costas del océano.

Los hombres también hubiesen muerto, pero Kon les dejó los ríos, para que con su agua pudiesen regar y cultivar lo que necesitaban para vivir. Desde entonces, los hombres trabajan para comer.

Caminando, caminando, un día Kon –que su pueblo ahora llamaba Viracocha– llegó al valle del Cuzco. Plantó en la tierra la vara que llevaba e hizo que construyeran una *huaca*, un templo, en su honor. Donde el dios se sentó, hicieron un escaño de oro. Sobre él pusieron un ídolo de piedra de cinco varas de largo y una vara de ancho, y en esa piedra esculpieron esta historia.

Ése fue el templo mayor, el Coricancha. Los fieles acudían a consultar los oráculos y hacer sacrificios a Viracocha. Traían ofrendas de oro y de plata, que reflejaban el brillo de los rayos del sol.

Aún se ven los muros del Coricancha: sobre ellos los españoles construyeron la iglesia de Santo Domingo.

Viracocha siguió andando y estableciendo pueblos. Un día llegó a Puerto Viejo y se metió en el mar, caminando sobre el agua como si estuviera encima de la tierra.

–Un día volveré –dijo. Y se alejó mar adentro a grandes pasos.

HANAQ PACHA, EL MUNDO DE ARRIBA

Todos nosotros, los habitantes de Quispicanchi, cerca del Cuzco, y los de Sallaq, y los demás pobladores de las sierras del sur del Perú, sabemos que el mundo está hecho de tres planos.

Nos lo dijeron nuestros padres, quienes lo aprendieron de nuestros abuelos, y ellos, de los antiguos.

El mundo está hecho así: *Hanaq Pacha* es el mundo de arriba. *Kay Pacha* es el mundo de aquí. Y *Ukhu Pacha* es el mundo de abajo.

En el mundo de abajo viven unos seres pequeños que cultivan pimientos y crían cuyes para alimentarse.

En el mundo de aquí vivimos nosotros, con los animales y las plantas. Y también viven algunos espíritus, como las almas de los montes y las almas de los muertos; que a veces nos visitan.

En el mundo de arriba viven los dioses. Algunos son muy antiguos, otros son espíritus nuevos, como los santos, los ángeles, la Virgen Purificada y la Virgen Dolorosa. Los espíritus nuevos vinieron con los españoles.

En el cielo también hay perros, porque en todos lados los hay. Los espíritus de los perros deben acompañar a los espíritus de sus dueños al mundo de arriba. Por eso, cuando muere un hombre se mata a su perro y se los entierra juntos, para que puedan seguir haciéndose compañía y ayudándose en el más allá. Vean las momias en las tumbas: junto a cada momia de hombre, hay una momia de su perro.

En el mundo de arriba, cada espíritu posee una casa y su jardín. Más allá del espacio que ocupan los espíritus, todo es gris y salvaje, sólo hay unos pajonales inmensos y helados. Esa paja es buena para hacer sogas. En ese espacio casi vacío de los pajonales, a veces crece un árbol, que sirve para amarrar la soga. Y de vez en cuando hay una lata, como las que los viajeros abandonan después de vaciarlas.

¿Quieren saber para qué sirven las sogas, el árbol y las latas del mundo de arriba?

Son utilísimos, porque a veces –y eso es lo único divertido allí–, en el cielo hacen alegres fiestas.

En Hanaq Pacha se hacen casamientos y banquetes, a los que se invita a las aves, porque ellas pueden ir al cielo por sus propios medios.

De vez en cuando algún habitante del mundo de aquí se hace invitar a una fiesta, y según cómo se comporte, no pasa nada o suceden muchas cosas, como cuando la zorra quiso engañar al cóndor.

Es una historia muy vieja, y a mí me la contó mi abuela, y a ella se la contó su abuela, y a su abuela quién sabe quién se la contó.

Resulta que la zorra supo que en el cielo se casaba la palomita. Y que en esa ocasión habría un banquete con mucha comida. Todos sabemos que la zorra siempre tiene hambre, es su destino.

En el cielo intensamente azul y frío de la sierra volaba el majestuoso *kuntur*, el cóndor de los Andes.

—¡Llévame al cielo, tengo que tocar la *vihuela* en el casamiento de la palomita! ¡Te regalaré dos llamas recién nacidas si me llevas! —le dijo la zorra.

Al cóndor se le hizo agua el pico al oír lo de las llamitas. Bajó en flecha y se posó en el suelo. La zorra se acomodó en su lomo, aferró la vihuela con los dientes, y el cóndor remontó vuelo hacia el cielo.

El portero del mundo de arriba vio llegar a la extraña pareja.

—¿Están invitados a este casamiento? La fiesta es sólo para animales de pluma, y aquí veo uno que es de pelo.

—Soy artista, vengo a tocar la vihuela para animar el baile —dijo la zorra.

—Ah, bueno, entonces pasa.

—Pórtate bien, zorra, no me hagas hacer papelones con tus malas maneras. Come limpiamente y sé cortés con todos —le recomendó el cóndor—. Cuando termine la fiesta te llevaré de vuelta a la Tierra.

Y se fue a hablar con algunos familiares que hacía tiempo no veía. En cuanto quedó sola, la zorra fue di-

rectamente a la mesa del banquete. En ella había choclos, granos, semillas, *quinua³*, *ollucos*, *yuca*, papas y trigo. No era exactamente lo que más le gustaba a la zorra, ¡pero tenía tanta hambre!

Así que saltó sobre la mesa y, como era glotona y mal educada, arrasó con todo en un santiamén. De nada sirvieron los gritos del loro, el parpado del pato, ni el cacareo del gallo. La zorra se zampó las papas crudas, el maíz con chala y barbas, la cebada y el trigo verdes, y los ollucos con cáscara y todo. Después despanzurró las fuentes de hojas de plátano, buscando algo más que comer.

–Ya que viniste a hacer música, ahora que comiste hasta saciarte, haz música para que bailemos –dijo la paloma con su arrullo más cortés.

La zorra tocaba muy bien la vihuela. Comenzó con un alegre *pasacalle*, se formaron las parejas, y todos bailaron hasta cansarse.

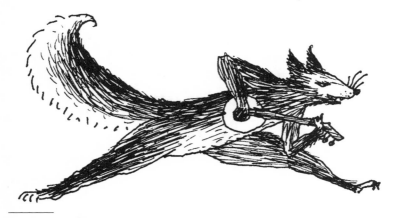

---

3. *quinua*: cereal de Bolivia y Perú, de la familia de las quenopodiáceas, muy nutritivo.

–Dime, ¿es cierto que los zorros no se emborrachan nunca? –le preguntó el cóndor al rato. Alguien le había dicho eso.

–Sí, es cierto –contestó la zorra.

–Entonces, te convidaré con esta rica *chicha*[4].

La curiosidad del cóndor quedó satisfecha en un ratito. Descubrió que los zorros no tienen ninguna resistencia a la chicha. Nuestra zorra primero tuvo hipo, después empezó a caminar haciendo eses, no sabía de qué hablaba, y al final se quedó dormida cuan larga era sobre la mesa del banquete, roncando como una locomotora.

Completamente disgustado, el cóndor emprendió el regreso a la Tierra, y dejó a la zorra abandonada en el mundo de arriba.

Los pájaros siguieron la fiesta. Ahora que sabían que la zorra no estaba en condiciones de convertir a nadie en el postre de su cena, trajeron más granos y semillas,

y comieron hasta quedar satisfechos. Después se fueron cada cual a su casa, y los novios, de luna de miel.

La zorra despertó al día siguiente. Le dolía la cabeza, y estaba mareada.

–Y ahora, ¿cómo regreso a casa?

---

4. *chicha*: bebida hecha a base de maíz fermentado.

–Haz una soga con la paja del pajonal, átala al árbol, pónle una lata a un extremo, y cuando alcance el suelo, baja por ella hasta la Tierra –le aconsejó el loro, que se había demorado comiendo las sobras del banquete.

–Muchas gracias, pero prefiero que me lleves en tu lomo –dijo la zorra. Ya se abalanzaba sobre el loro, cuando éste levantó el vuelo y se alejó a ala batiente.

Despechada y murmurando su descontento, a la zorra no le quedó más remedio que ponerse a tejer. Deshilachó la paja en briznas y empezó a hacer la soga. En cuanto tuvo lo suficiente, ató un extremo al árbol. De vez en cuando ataba la lata al extremo de la soga, la arrojaba hacia la tierra, y calculaba cuánto le faltaba para llegar al suelo. Le faltaba muchísimo. La zorra siguió tejiendo. Pronto la soga era tan larga, que llenó una habitación del cielo, después otra, y otra más. Y aun así no llegaba a la Tierra.

Muchas semanas después, la zorra escuchó un fuerte "TILÍN". Había dejado caer la soga desde el cielo, y el ruido de la lata le dijo que había tocado el suelo. De un salto se aferró a la soga y comenzó el descenso. A medio camino encontró al loro que no había querido cargarla en sus alas.

–¡No vayas a cortar mi soga, *k´umu senga loro, pikicho* (loro de nariz ganchuda, ladrón de choclos), *wegro chaki loro* (tranca la puerta, loro), *moko senka loro* (loro cojo)! –lo insultó, y siguió bajando velozmente.

El loro no dijo nada. Fue a buscar al resto de su parvada, y entre todos la emprendieron a picotazos con la soga, hasta que la cortaron.

La zorra notó que bajaba más rápido, y se ale porque llegaría a la Tierra muy pronto. Ya veía los ár boles y el mar, los picos de las montañas y los cerros... En ese momento se dio cuenta de que bajaba sola, sin hacer el menor esfuerzo.

–¡Me despanzurraré! ¡Por favor, cubran el suelo con colchones y mantas, para que caiga sobre algo blandito! –suplicó.

Al oír la voz, los hombres corrieron a hacer lo que se les pedía. Pero levantaron los ojos al cielo, y ¿a quién vieron? Nada menos que a la ladrona de sus gallinas, la asesina de sus corderitos y a quien raptaba sus llamas recién nacidas.

Así que, en vez de colchones y mantas, regaron el suelo de espinas puntiagudas.

La zorra cayó sobre las espinas, y por un rato sólo se escucharon ayes y uyes.

Y enseguida, por los agujeros de los pinchazos salieron las papas crudas, los oyucos sin pelar, las yucas y el trigo verde y todas las semillas y los granos que había comido.

El viento los esparció por pampas y valles, lomas y quebradas, por toda la tierra, donde germinaron y crecieron las plantas. Desde entonces, los hombres cuentan con alimentos abundantes.

LA LLAMA QUE PERDIÓ
EL APETITO

Había una vez un pobre pastor
que vivía junto a la montaña más alta
del Perú, el Huascarán.

Tenía mujer, dos hijas, dos ovejas y
una llama.

La llama era su mejor amiga. Traba-
jaba con él, lo acompañaba
y le daba lana para hacer
ropa y mantas para él y su
familia.

El pastor cuidaba mucho a su llama. La peinaba, la
mimaba, le hablaba, y la llevaba a los mejores pastos,

los más tiernos, los que le gustaban más, para que comiera mucho y se mantuviese sana y fuerte.

Un día, la llama se negó a trabajar en el campo.

—¿Qué tienes, amiga mía? ¿Estás enferma? —se preocupó el pastor, acariciándole las orejas.

La llama bajó la cabeza y cerró los grandes ojos mansos. Pero no dijo nada.

—Vamos, ven. Te llevaré a otro lado. Quizás no te guste el pasto de este campo.

La llama lo acompañó a un prado donde había un pasto suave y muy verde.

Pero no probó ni una brizna.

—Amiga, no seas terca. Hace mucho que no comes un pasto tan sabroso. Pruébalo, vamos. Si no comes te debilitarás, y morirás, ¡y una llama muerta sólo sirve para que la coman! —insistió el pastor.

Dos grandes lágrimas corrieron por las mejillas del animal.

—¿Qué te pasa? ¡Sabes que no lo dije en serio! ¡Te quiero demasiado para dejarte morir! ¡Sólo quiero que comas! —dijo afligido el pastor.

—Dentro de cinco días se desbordará el mar. Moriremos todos. Lo sé —dijo la llama.

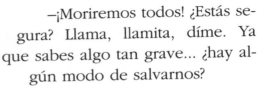

—¡Moriremos todos! ¿Estás segura? Llama, llamita, díme. Ya que sabes algo tan grave... ¿hay algún modo de salvarnos?

—Sí, hay uno. Pero tenemos que apurarnos. Llama a tu mujer y a tus hijas. Subiremos a la cima del Huascarán. Sólo allí no llegarán las aguas.

El hombre salió a la carrera, la llama al trote, y en un santiamén estuvieron en la casa.

A toda prisa el hombre metió comida en los morrales y mantas en las mochilas; llamó a voces a su mujer y a sus hijas, ató a sus ovejas, y, con la llama a la cabeza, salieron hacia la montaña.

Cuando llegaron, ya estaban en la cumbre muchísimos animales, a quienes las estrellas les habían avisado que el agua destruiría el mundo.

Había pumas y zorros, guanacos y cóndores, monos y loros, osos y venados. Había de todos unos pocos. Es decir, había un poco de todo.

El pastor acababa de llegar cuando empezó a llover. Llovió y llovió y llovió. Llovió tanto, que ni llenando diez páginas con la palabra lluvia podrían imaginarse cuánto llovió.

Los mares se desbordaron. El agua cubrió los valles, ahogó las casas, los hombres, los animales, y siguió subiendo, subiendo. Llegó a las montañas y subió por sus

flancos. Cubrió las cimas de todos los picos, hasta los nevados de los Andes.

Pero el Huascarán resistió. El agua no pudo con él. Subía y subía, pero la cumbre del cerro siempre sobresalía del agua.

El hombre y su familia, las ovejas, la llama y todos los demás animales estaban en la cima, apretados unos contra otros, con el agua lamiéndoles los tobillos. Los pájaros se treparon encima de los demás animales y batieron las alas, angustiados. El puma y el jaguar enroscaron sus colas alrededor de sus cabezas, para que no se mojasen.

Los zorros, en cambio, eran tan vanidosos que dejaron colgando sus bellas colas peludas, y las colas se empaparon.

A los cinco días dejó de llover. Las aguas bajaron poco a poco y tiempo después el hombre, su mujer, las dos hijas, las dos ovejas, la llama y todos los animales regresaron al valle.

La vida recomenzó. Del pastor y su familia nacieron los hombres de hoy. De los animales que se salvaron nacieron todos los animales. Son igualitos a los que fueron a la cima de la montaña.

Todos... menos los zorros. Sus colas mojadas se volvieron negras, del color de las aguas. Y aún hoy son negras, para recordarnos el diluvio.

POR QUÉ COMEMOS
HUMINT'AS

Hace mucho, mucho tiempo, en Hanaq Pacha, el cielo de arriba, hubo una gran guerra. El cruel Aucayoc –el dios de la guerra– no sentía piedad ni por sus propios hijos, y ávido de sangre les había hecho formar dos ejércitos y luchar unos contra otros.

El cielo retumbaba con los tambores guerreros de los truenos, y las lanzadas de los rayos iluminaban la intranquilidad de las noches. Cuando morían, la sangre

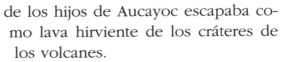

de los hijos de Aucayoc escapaba como lava hirviente de los cráteres de los volcanes.

Hasta que quedaron muy pocos guerreros, y se cansaron de hacer la guerra.

Esa mañana, el cielo amaneció azul y despejado.

—Déjanos descansar, padre, no podemos luchar más —pidieron a Aucayoc los hijos que todavía tenían fuerzas para arrodillarse ante él.

El dios de la guerra no quiso ni oírlos:

—Ustedes son unos cobardes, no son dignos de vivir conmigo. Así que... ¡fuera!, ¡no quiero verlos nunca más! —Y con un gesto final de enojo, los arrojó cielo abajo.

Pero como eso no le pareció castigo suficiente, Aucayoc los envió a vivir en la Tierra, convertidos en unas plantas de hojas duras, huecas como sus lanzas, que ya no les servían para nada. Nadie se les acercaría jamás, porque en sus frutos Aucayoc encerró la rabia que sentía contra ellos.

Su rabia se convirtió en una bola dura, y adentro crecieron espinas parecidas a púas, muy puntiagudas.

Los hijos de Aucayoc vivieron en la Tierra mucho, mucho tiempo, soportando la dureza de corazón del suelo, que apenas los alimentaba.

Un día en que se levantó muy temprano, al padre Sol le dio hambre. Descendió a Kay Pacha, la Tierra, y arrancó una de las mazorcas de la primera planta que tuvo al alcance de la mano.

Apenas la tocó, los granos llenos de púas se volvieron suaves y tiernos, y la mazorca se tiñó de color dorado, como el Sol.

El Sol comió choclos hasta saciarse y, agradecido, bendijo a la planta:

–Me diste tus frutos con generosidad, y desde hoy se los darás también a los hombres, que son mis protegidos. Serás una planta sagrada y te adorarán en los altares, como a mí. Me gustas tanto, que eres la ofrenda que me darán en mi día, en la ceremonia del *Inti-Raymi*.

Por eso, desde entonces hasta hoy, el 24 de junio, el día del solsticio de invierno –el día del padre Sol–, los habitantes del Tahuantinsuyo comen *shankhu* –un panecillo de maíz molido, untado con la sangre de una alpaca blanca–, y le piden al Sol un año de buenas cosechas y abundantes ganados.

Ese día también hacen *humint'as*. Las mujeres muelen los granos de maíz en batanes de piedra, hacen bollitos, y los envuelven en *panka*, hojas de chala. Los atan, y los hierven en abundante agua salada.

Después comen alegremente sus *humitas*... y nosotros, tantos siglos después, seguimos comiéndolas, aunque ya no nos acordemos por qué, y hayamos olvidado esta historia.

EL *CHIWAKU* ATOLONDRADO

El *chiwaku* es un pajarito parecido al zorzal, como un primo hermano de él. En la sierra, anuncia cuando maduran las frutas y cuando nace el día. Es de color pardo. Vive en las zonas templadas o en la selva.

Dicen los incas que al principio, cuando hizo el mundo, Viracocha cometió muchos errores, y por eso el mundo no es perfecto, como Él. También se equivocó al confiarles tareas importantes a seres recién creados, que por su inexperiencia no merecían aún su confianza.

El gran Viracocha había hecho a los hombres igualitos a él, dicen, diciendo. Por ser hijos suyos, cuidaba que no les faltase nada y colmaba todos sus deseos.

Un día le encomendó al chiwaku una misión especial.

Era el pájaro más hermoso que había creado. Le había dado los colores del arco iris y un canto suave y melodioso. Es cierto que Viracocha no tiene favoritos, pero cuando el pajarito batió las alas y empezó a cantar una dulcísima canción, le pareció su obra maestra. Por eso decidió que el chiwaku les llevara un regalo y un mensaje a los hombres.

El regalo era una ollita de barro cocido, llamada *ari mancacha*. Ésa sí que era una ollita mágica... Apenas se ponían en ella los alimentos crudos, en un momento cocinaba una comida sabrosa y nutritiva; quien la comía quedaba satisfecho para todo el día.

Pero eso no era todo. Cuando no estaba cocinando, la ollita servía para otro montón de cosas. Si se ponían en ella fibras recién hiladas, las convertía en telas. Y si se ponía la ari mancacha boca abajo sobre esas telas, en un abrir y cerrar de ojos aparecía la ropa terminada.

El mensaje que Viracocha enviaba a los hombres era que, con la ayuda de la ari mancacha, les alcanzaría con comer una vez por día. El chiwaku, además, les enseñaría a usar la ollita para hacer vestidos.

—¿Entendiste? Repite el mensaje: "Viracocha me envía a decirles que comerán una vez por día y que la ari mancacha hará la ropa que necesiten" —Dios insistió con paciencia.

El chiwaku cantó de felicidad, ¡estaba orgulloso de ser el mensajero de Viracocha! Asintió con el pico, tomó la ollita en una pata, y de un salto emprendió el vuelo a la Tierra.

Volaba cantando a voz en cuello el mensaje de Viracocha con su hermosísima voz y, sin darse cuenta, se concentró más en la música que en las palabras que decía.

No es de extrañar que, al rato, había olvidado qué debía decir. Dejó de cantar, y pensó un momento. Del cielo a la Tierra hay mucha distancia, y el chiwaku hacía tiempo que volaba. Tenía hambre, tenía sed, y estaba cansado.

—"Dice Viracocha que coman dos veces por día." No. "Dice Viracocha que coman tres veces por día." Quizás. ¡Eso debe ser!

Tal vez por el hambre que tenía, el atolondrado chiwaku se convenció de que ése era el mensaje, y en vez de regresar al cielo para preguntarle a Viracocha, siguió camino hacia la Tierra.

Llegó muy, muy cansado. No se acordaba para qué servía la ari mancacha. La miró, perplejo, y como no tenía idea de quién se la había dado ni para qué, dejó la ollita de barro en el suelo y fue a beber a una laguna. Después reunió a los hombres y les dijo:

—*Sapa o'unchaysi kinsa tawata mihunkichis...* —"dice Viracocha que comerán tres o cuatro veces al día. Si tienen frío, tienen que hilar y tejer ropas para cubrirse. Esto les costará trabajo y sacrificio, pero es lo que nuestro Dios ordena".

Los hombres empezaron a hacer fuego, cocinar y trabajar para comer y vestirse, ya que ésa era la orden de Viracocha.

Entregado el mensaje, el pajarito regresó al cielo. Viracocha lo dejó posarse en su rodilla, le acarició las plumas y dijo:

—Anda, mi precioso chiwaku. Cuéntame qué les di-

jiste a los hombres, y dime si se pusieron contentos. Seguramente estarán agradecidos por el regalo que les envié. Vivirán sin trabajar, disfrutando del buen tiempo, gracias a los dones con que los colmé.

Entonces, el chiwaku recordó el verdadero mensaje de Viracocha y, desconsolado, miró hacia todos lados buscando dónde esconderse. Pero era imposible ocultarle nada al dios.

—¿Qué sucede, mi precioso pajarito? ¿Por qué estás asustado?

El chiwaku confesó que se había olvidado de darles la ollita de barro a los hombres y de explicarles para qué servía. Les había dicho que tendrían que comer tres veces al día, hilar y tejer para vestirse, y pasar penurias para subsistir.

Viracocha se enojó mucho. Pero mucho, mucho...

—Nunca tuve intención de hacer pasar esos trabajos a mis hijos. Te elegí porque te creí digno de llevarles mi mensaje. Y tú te encantaste con tu voz, y olvidaste mis palabras. En castigo por no haber cumplido con lo

que te encomendé, *kunanka p'i-takachaspaykin wanka-wankata mihuspaykin bidaykita pasanki...* *Tutataqmi iskayta kinsata p'itas-pa yarqaypiu illarinki...* (desde hoy pasarás la vida saltando sin parar. Por las noches te sobresaltará el hambre y amanecerás hambriento, para que sufras lo mismo que los hombres) –tronó.

Pero ni así se le pasó el enojo. Viracocha cambió el hermoso plumaje del chiwaku por otro de un feo color pardo, lo hizo padecer de sarna y le quitó para siempre el canto.

Desde entonces, la tripa del chiwaku es lisa y derechita, no tiene vueltas ni recovecos. El pajarito come y elimina el alimento casi de inmediato. Siempre tiene hambre, tiene que comer todo el tiempo. Por las noches duerme cerca de las frutas, para comer en cuanto se despierta. Pero siempre amanece casi muerto de hambre.

Y como ya no puede cantar, llora de pena por haber desilusionado a Viracocha transmitiendo mal su mensaje.

EL GRANO DE QUINUA
Y LAS AVES GUANERAS

Yanamka Tutañanmka, rey de las zonas frías de la sierra, era desconfiado y precavido, por eso se mantenía en el poder. Sobre todo desconfiaba de su hermano Wallallo, el rey de los chancas, quien quería quedarse con el reino que el padre de ambos había dividido entre ellos antes de morir.

Wallallo era el mayor, y pensaba que tenía derecho a quedarse con todo. Y aunque se guardaba de decirlo, Yanamka sabía que estaba preparando un ejército poderoso para atacarlo.

Un día, su hermano Wallallo envió mensajeros para anunciar su visita. Yanamka, en vez de ponerse contento, reforzó su ejército y apostó vigías en las entradas de los caminos que llevaban a su capital, para repeler el ataque de Wallallo.

Pero no sucedió nada. Yanamka se sorprendió cuando su hermano llegó en litera, precedido por los nobles de su corte, vestido con túnica de oro, tocado con plumas de colibrí, y calzado con sandalias de oro –es decir, con su traje de rey, no vestido de guerrero.

Lo acompañaban cinco hermosísimas muchachas. Posado en el brazo izquierdo, Wallallo traía un extraño pájaro de los bosques de sus tierras calientes.

–Es un guacamayo, te lo traje de regalo. También te doy estas cinco jóvenes, las más hermosas de mi reino.

Yanamka agradeció los regalos, hizo rendir a su hermano los honores debidos al gran rey que era, y le ofreció ceremonias y banquetes en su palacio.

Comieron y bebieron muchos días seguidos, recordando la feliz infancia compartida.

Yanamka se reprochaba haber pensado mal de su hermano. ¡Cómo podía ser! ¡Era todo sonrisas, todo bondad! Justamente...

De pronto, a Yanamka se le ocurrió que algo no andaba bien. Cuando por fin Wallallo decidió regresar a su reino, Yanamka lo hizo acompañar por cincuenta

de sus mejores guerreros. Antes de la partida los reunió en secreto y les dijo:

—¡Sólo ustedes son suficientemente nobles para acompañar a mi querido hermano hasta sus tierras! ¡Les encomiendo su salud y su bienestar! Que no le suceda nada malo, o los mataré a todos. Pero... ya que pasarán unos días en tierras de los chancas reponiéndose del largo viaje... ¿podrían ver si su ejército está tranquilo? ¿Si los soldados comen, beben y se ríen? ¿O si están preparando las armas y hacen maniobras de guerra?

Yanamka acompañó a su hermano hasta la mitad del camino real de los incas. Allí, dando muestras de sincera emoción y tristeza por la partida, se despidió de Wallallo. Ambos se tocaron sien con sien, y se enviaron besos volados, a la usanza de los chancas.

Los consejeros de Yanamka esperaban su regreso. Apenas entró al palacio, el más viejo, que merecía toda su confianza, se arrodilló a sus pies:

—¡Señor! ¡Ten cuidado con el regalo de tu hermano! ¡Así como enviaste a tus guerreros a observar qué preparativos está haciendo Wallallo, estas muchachas y este pájaro pueden haber sido puestos en tu corte con el mismo fin!

A Yanamka se le había ocurrido lo mismo. Hizo encerrar a las doncellas, con pájaro y todo, en un ala especial de su palacio. Pero eso sí, les dio habitaciones con una preciosa vista al mar.

Las mantenía celosamente vigiladas. Todo lo que hacían, lo que soñaban en voz alta, las palabras que decían despiertas, hasta sus menores gestos le eran contados por los guardianes y las criadas que las atendían.

Los guerreros de Yanamka regresaron a los muchos días.

—Todo está normal en el reino de Wallallo. Los guerreros cantan, se emborrachan, y duermen todo el día —contaron.

A su vez, las doncellas dejadas por Wallallo, que comían con Yanamka todas las comidas, habían averiguado que a éste le gustaba más que nada la sopa de quinua.

Dicen diciendo los que dicen que, en una distracción de los guardias, las muchachas abrieron una ventana y soltaron al guacamayo para que le llevase

a Wallallo esa información insignificante.

Yanamka oyó el aleteo del pájaro y despertó sobresaltado. Corrió a la ventana, y vio un pájaro de colores cruzar el cielo como una bola de fuego. Llamó a los guardias y les ordenó matarlo. Dos flechas le rozaron el cuerpo, pero el pájaro siguió volando.

Yanamka fue a los cuartos de las muchachas.

Ñaumisa, la más lista, al oír las apresuradas pisadas del rey, se abrió el pecho y sacó de él otro guacamayo.

—¿A ver, a ver... adorables princesas? Muéstrenme el hermoso pájaro que me regaló mi hermano. Quiero acariciarle las plumas —dijo Yanamka.

Ñaumisa se lo entregó. Yanamka lo acarició un momento, y regresó a sus habitaciones muy inquieto.

Así fue como Wallallo se enteró cuál era la comida favorita de su hermano.

Al día siguiente, el primer guacamayo regresó al palacio de Yanamka. Traía en el pico un grano de quinua.

Las muchachas se rieron al recibir el regalo. ¿Qué quería Wallallo que hiciesen con ese grano? Yanamka les convidaba toda la quinua que querían comer.

De pronto, una voz grave salió del grano. Las muchachas se espantaron y corrieron a esconderse. Cuando se calmaron, la voz se hizo oír de nuevo:

–Shhhhh... soy Wallallo... me metí en una burbuja de aire, estoy adentro de este grano... ¡Alégrense! Pronto me verán otra vez... Pero primero tienen que conseguir que Yanamka me coma. Yo haré el resto...

Al día siguiente, Ñaumisa le pidió a Yanamka que hiciera preparar la deliciosa sopa de quinua que, como a él, les gustaba tanto. Yanamka se apresuró a complacerla.

Los cocineros trajeron la sopa humeante, y Yanamka y las jóvenes se sentaron a comer. Ñaumisa lo miró con dulzura. Se acercó y le dio un beso en la mejilla. Yanamka cerró los ojos un instante, complacido. Y Ñaumisa le echó en el plato el grano de quinua con Wallallo adentro.

Yanamka lo tragó con sopa y todo.

Al rato Wallallo rompió el grano, y empezó a crecer dentro del vientre de su hermano. Crecía y crecía, y el vientre de Yanamka se inflaba y se inflaba.

Yanamka se dio cuenta de que tenía a su hermano enemigo adentro. No podía hacer nada. Desesperado, siguió inflándose y creciendo. Creció tan alto como una montaña, y después, ante los ojos incrédulos de sus nobles y de su ejército, se elevó hacia el cielo. Estaba a punto de estallar, cuando logró decir:

—Voy a morir. Obedezcan a mi heredero, a mi hermano muy querido, Wallallo Karwancho, el rey de los chancas.

Todos se arrodillaron y juraron obedecerle. No sabían que era Wallallo mismo quien les hablaba desde adentro de Yanamka.

Yanamka agonizaba. Con un enorme esfuerzo, alcanzó a decir:

—¡Hombres, ayúdenme! ¡Conviértanse en pájaros y vuelen hacia mí!

Y se murió. Sus partes cayeron al mar, y se convirtieron en las islas e islotes que salpican las largas costas del Perú en el océano Pacífico.

En una de esas partes había caído Wallallo. El ejército de pájaros marinos lo descubrió y se abalanzó sobre él para matarlo.

Pero Wallallo los detuvo en el aire con un gesto imperioso y ordenó:

—Si tanto quieren a mi hermano Yanamka, quédense con él en estas islas. —Los pájaros así lo hicieron.

¿Quieres verlos? Aún están allí. Son las aves guaneras, ésas que viven solamente en las islas e islotes cercanos a las costas peruanas. Ésas cuyos excrementos utilizan como abono los indios desde hace miles de años.

Ellos conocen la historia. Y se la cuentan a todos los que pasan por allí.

> Ven aún,
> verdadero de arriba,
> verdadero de abajo,
> Señor del Universo,
> el modelador.
> Poder de todo lo existente,
> único creador del hombre,
> diez veces he de adorarte
> con mis ojos manchados.
> ¡Qué resplandor!, diciendo
> me prosternaré ante ti;
> mírame, Señor, adviérteme.
> Y vosotros, ríos, cataratas,
> y vosotros, pájaros,
> dadme vuestras fuerzas,
> todo lo que podáis darme;
> ayudadme a gritar
> con vuestras gargantas,
> aun con vuestros deseos,
> y recordándolo todo
> regocijémonos, tengamos alegría;
> y así, de ese modo, henchidos,
> yéndonos, nos iremos.

(De Santa Cruz Pachacutec Yamqui. Traducido por José María Arguedas.)

LAS CULTURAS PREINCAICAS

En su apogeo, entre los años 850 y 350 a.C., los Chavin ya construían terrazas y andenes de cultivo y habían desarrollado la metalurgia y la orfebrería.

Los Moche o Mochica, establecidos al norte del Perú desde 800 años a.C., eran hábiles constructores de caminos y tenían un "correo" por chasquis —mensajeros— que se pasaban la posta.

Al sur, la civilización Nazca dejó unas extrañas líneas

simétricas y estilizadas figuras de animales, que sólo se distinguen desde el cielo. No se sabe bien qué significan.

Entre los años 900 y 1300 d.C., alrededor del lago Titicaca prosperó la cultura Tiahuanaco. Aún quedan templos de piedra, estatuas gigantescas y un santuario con pilares enormes que, dicen, fueron construidos por gigantes.

Los Chimus reinaron desde 1150 hasta 1450 d.C. En lugar de adorar al Sol, adoraban a la Luna, porque ella alumbra de noche, cuando hace falta.

EL IMPERIO INCA

Hacia el año 1300 d.C., una tribu dejó la zona del lago Titicaca en busca de tierras fértiles. Con un ejército muy bien organizado, cincuenta años después los incas ya reinaban sobre un imperio de 10.000.000 de personas.

El Inca era el jefe supremo. El Vilahoma, sumo sacerdote, le seguía en rango. Cada provincia tenía un Cápac (gobernador). En cada *guaman* (provincia) había un *Tocricoc* (el que mira todo), un enviado del Inca. Cada cien indios había un *curaca* (capitán).

Los incas impusieron la mita: de cada cien indios, las provincias enviaban uno para cultivar las tierras del inca, trabajar en las minas de oro, plata y mercurio, y servir en el ejército.

Se aseguraban la obediencia de los pueblos conquistados trasladando poblaciones enteras de un lugar a otro, pues el desarraigo los volvía sumisos, mientras que el apego a su tierra los hacía rebeldes. Esos pobladores exiliados se llamaron mitimaes.

LA RELIGIÓN

Eran politeístas y divinizaban los fenómenos naturales. Los dioses principales eran el Sol (Inti, en quechua) y la Pachamama (la madre tierra). Al Sol le ofrendaban tierras, chacras, coca[5], las mujeres de las mejores familias y palacios para albergarlas.

Eran las *acllas*, las sacerdotisas o vírgenes del Sol. Debían ser de sangre noble, hijas legítimas, y no tener manchas en el rostro.

EL CULTO A LOS MUERTOS

Las tumbas de los reyes incas eran verdaderos palacios de piedra. Tenían sala, dormitorio, despensa, cocina, patios, corredores y pórticos. Los muertos se en-

---

5. *coca*: planta medicinal que contiene una sustancia alucinógena, la cocaína.

terraban con sus tesoros, vajillas, ropa, comida y chicha. A veces se hacían sacrificios humanos voluntarios, para que algunas esposas y servidores acompañasen al muerto al más allá.

Se sacrificaban sobre todo animales: llamas, venados, carneros y ovejas, perros negros y blancos, mieses, plumas de ave, ropas de lana, y objetos de oro y de plata.

Los templos eran el cielo, el mar, la tierra, los ríos, lagos, rocas y montañas. Hasta hoy los indios se arrodillan ante ellos y les hablan.

CIENCIA Y TECNOLOGÍA

Los incas tuvieron un notable sistema de leyes, muchas de ellas similares a las más avanzadas de nuestro tiempo, como la de protección al menor y a las mujeres. Esto les permitió ser mejor aceptados por los pueblos que conquistaban.

A su vez, ellos asimilaron los conocimientos de los pueblos conquistados y llevaron los mejores artesanos al Cuzco.

Trabajando en *minka* (comunidad), les hicieron construir templos y fortalezas, canales de riego y carreteras, andenes de cultivo y posadas para viajeros. Muchos perduran hasta hoy.

Sus construcciones eran antisísmicas. Para lograrlo, tallaban muchos ángulos en cada piedra —una tiene ¡32 ángulos!– y les daban base ancha, asimétrica. Encajan tan bien una en otra, que entre las piedras no cabe ni una uña.

Conocían la navegación por las estrellas, y tenían observatorios astronómicos. Calculaban la hora por la sombra que proyectaban sobre el suelo. Establecieron un calendario solar de doce meses de treinta días cada uno.

En medicina, conocían los usos de las hierbas medicinales y practicaban operaciones como trepanaciones de cráneo, amputaciones y transfusiones de sangre, con instrumentos de cobre, piedra, plata y oro.

LOS DESCENDIENTES DE LOS INCAS

Hasta hoy hablan quechua, el idioma de los incas, y conservan las costumbres y las ceremonias religiosas de sus antepasados. Pero ahora las practican combinadas con la religión católica, traída por los españoles. Gracias a la transmisión oral de generación en generación, bajo cada imagen y nombre de santo también veneran a uno de sus antiguos dioses o diosas, como en la fiesta de Q'oyllor Ryti, cuando los *pabluchas* (una hermandad de penitentes) bajan de la montaña cargando enormes pedazos de hielo a la espalda, y dejan en el altar de la catedral de Cuzco la ofrenda a sus dioses antiguos, a quienes siguen rogando que les concedan salud, prosperidad, fertilidad para la tierra y fecundidad a sus animales.

¿DÓNDE ENCONTRAMOS ESTAS HISTORIAS?

Betanzos, Juan de. *Suma y narración de los incas*, Madrid, Editorial Atlas, 1968.

Carrillo, Francisco. *Literatura quechua clásica*, Lima, Editorial Horizonte, 1986.

-*Cronistas del Perú antiguo*, Lima, Editorial Horizonte, 1989.

Cieza de León, Pedro. *La crónica del Perú*, Lima, Editorial Peisa, 1988.

Garcilaso de la Vega, Inca. *Comentarios Reales de los Incas*, Lima, Biblioteca Nacional del Perú, 1942.

Krickeberg, Walter. *Mitos y leyendas de los aztecas, incas, mayas y muiscas*, México, Fondo de Cultura Económica, 1995.

Los seres del Más Acá, (tradición oral), mimeografiado bajo el título *Biblioteca campesina*, Cuzco, Centro de Estudios Regionales Andinos Bartolomé de las Casas.

Mason, Alden. *Las antiguas culturas del Perú*, México, Fondo de Cultura Económica, 1978.

Rostworowski, María. *Pachacutec y la leyenda de los Chancas*, Lima, Instituto de Estudios Peruanos, 1997.

Santillán, Fernando de, Padre Blas Valera y Don Juan de Santacruz Pachacutí. *Tres relaciones peruanas*, Asunción del Paraguay, Editorial Guarania, 1950.

Toro Montalvo, César. *Poesía precolombina de América*, Lima, Editorial San Marcos, 1996.

ÍNDICE

Para acercarnos   7

Inca por inca se hace
un imperio   10

El gran Pachacutec   13

¿Quién hizo los mundos?   17

Hanaq Pacha, el mundo
de arriba   21

La llama que perdió el apetito   30

Por qué comemos *humint'as*   35

El *chiwaku* atolondrado   39

El grano de quinua y las aves
guaneras   45

¿Quiénes eran los incas?   55

¿Dónde encontramos estas
historias?   61

Esta edición de 3.000 ejemplares
se terminó de imprimir en
Encuadernación Araoz S.R.L.,
Avda. San Martín 1265, Ramos Mejía, Bs. As.,
en el mes de mayo de 2005.